DISCOVER S
CIRCO

xist Publishing

Spanish Edition

Acróbata

Acrobacia

Globos

Carrusel

Signo de Circo

Payaso

Gorra de Payaso

Zapatos de Payaso

Cara de Payaso

Elefante en la pelota

Soplado Fuego

Gimnastas

Caballo de Circo

Caballo de Circo

Malabarismo

Saltar la Cuerdo

Mago

Pantomima

Palomitas

Trucos de Perrito

Prueba de Fuerza

La Gran Tapa

Boletos

Cuerda Apretada

Monociclo

Published in the United States by Xist Publishing
www.xistpublishing.com
PO Box 61593 Irvine, CA 92602

This has been translated by Victor Santana.

ISBN-13: 9781532403859 • eISBN: 9781532403866

xist Publishing

Made in the USA
Las Vegas, NV
16 March 2026

43737615R00019